AF347164

INSTITUT DE FRANCE.

ACADÉMIE FRANÇAISE.

DISCOURS

PRONONCÉS DANS LA SÉANCE PUBLIQUE

TENUE

PAR L'ACADÉMIE FRANÇAISE

POUR LA RÉCEPTION

DE M. HALÉVY

Le jeudi 4 février 1886

PARIS

TYPOGRAPHIE DE FIRMIN-DIDOT ET Cᵉ

IMPRIMEURS DE L'INSTITUT DE FRANCE, RUE JACOB, 56

M DCCC LXXXVI

ACADÉMIE FRANÇAISE.

M. Halévy (Ludovic), ayant été élu par l'Académie française à la place vacante par la mort de M. le comte d'Haussonville, y est venu prendre séance le jeudi 4 février 1886, et a prononcé le discours suivant :

Messieurs,

On m'a souvent reproché d'être un homme heureux et je n'ai jamais fait difficulté de reconnaître que cette accusation était pleinement justifiée. Comment donc aurais-je la pensée de m'en défendre aujourd'hui, lorsque je viens prendre place au milieu de vous, et lorsqu'il m'est enfin donné, mon bonheur passant toute espérance, de pouvoir vous offrir le témoignage public de ma gratitude?

Oui, Messieurs, grâce à ceux qui m'ont transmis le nom que je porte, j'ai trouvé tout facile dans cette carrière des lettres, si inclémente d'ordinaire et si rude. Aussi est-il de mon devoir d'évoquer tout d'abord le souvenir de ceux avec qui je tiens à partager le grand honneur que vous avez daigné me faire. Je veux parler de mon père, Léon Halévy, qui fut si souvent encouragé dans ses travaux par les récompenses de l'Académie française ; je veux parler de mon oncle, Fromental Halévy, qui, pendant bien des années, a porté la parole, ici même, au nom de l'Académie des Beaux-Arts. Sans eux, je n'aurais pas senti toujours autour de moi ce large courant de bienveillance et de sympathie ; sans eux je ne rencontrerais pas, en ce moment, parmi vous, tant de visages amis. Il m'est doux de penser que j'ai hérité, non seulement de leur nom, mais encore de leurs titres, et que vous avez eu l'indulgence de ne me demander pour mon compte personnel qu'un très modeste appoint. Et voilà comment il m'est arrivé d'obtenir ce que tous deux avaient mérité mieux que moi, et voilà pourquoi vous me permettrez, Messieurs, d'associer et de confondre dans ma reconnaissance et tout ce que je leur dois et tout ce que je vous dois.

Je sais tout ce qui me manque pour réparer la perte que vous avez faite de M. le comte d'Haussonville et pour vous parler de lui comme il conviendrait d'en parler. Moi qui n'ai jamais vécu que parmi les légères fictions du théâtre et du roman, je vais me trouver en présence des plus sérieuses réalités, des plus graves questions d'histoire et de politique. Je ne les aborderai, Messieurs, qu'avec une respectueuse prudence, et je vais tâcher de vous raconter le plus simplement possible la vie de M. d'Haussonville, cette très noble vie qui fut toute au devoir et toute à l'honneur.

M. le comte d'Haussonville était de ceux qui, dans les

assemblées, dans la presse, dans les lettres, ont constamment soutenu les opinions à la fois libérales et modérées, de ceux que le flot des événements n'a jamais submergés, de ceux qui ont défendu tour à tour l'ordre contre l'esprit révolutionnaire et la liberté contre le pouvoir absolu. M. d'Haussonville pouvait sans embarras se retourner vers le passé et considérer son existence tout entière. Tel il était à vingt ans, tel il se retrouvait, un demi-siècle plus tard, avec la même jeunesse et la même chaleur de patriotisme, ayant toujours servi la même cause, toujours combattu pour elle, résolument, en pleine lumière, à visage découvert. Il avait, au plus haut degré, avec un complet détachement de toute ambition personnelle, le goût désintéressé de la chose publique. Alliant avec une parfaite bonne grâce les manières du gentilhomme à l'esprit libéral de notre temps, M. d'Haussonville était de l'ancienne France et de la nouvelle ; il avait les sentiments d'aujourd'hui dans un cœur d'autrefois. Une seule grande passion a dominé sa vie : l'amour de son pays et de ses libertés. Aussi avait-il su se faire, dans nos assemblées politiques, une place à part, en dehors et au-dessus des partis. Les hommes les plus divisés d'opinion et les plus habitués à se combattre étaient unis à son égard dans le même respect.

Avec la franchise la plus naturelle et la plus évidente, M. d'Haussonville allait toujours droit au fait et droit aux gens. Sa parole était libre, hardie, originale, pénétrante. Rien ne saurait rendre cette verve charmante, cette bonne humeur communicative, cette brillante et généreuse animation. Il avait dans le cœur la même grâce et la même ardeur que dans l'esprit. Il aimait les petits et les humbles, les pauvres et les souffrants. On a généralement quelque effroi des solliciteurs ; M. d'Haussonville, lui, allait au-devant d'eux : « Ne pourrais-je pas vous être utile ? » leur disait-il. Le dire ce n'est rien, mais c'est qu'il le faisait comme il le disait. Sa vie n'a été qu'une longue suite de services rendus avec la délicatesse la plus ingénieuse, car il mettait de l'esprit jusque dans sa façon d'avoir du cœur. Nul n'a mieux connu le plaisir de faire plus que son devoir, nul n'a mieux goûté le bonheur d'être bon.

Dans un chapitre de ses *Souvenirs*, M. le comte d'Haussonville nous a raconté comment il avait été mordu, tout jeune, par le démon de la politique et comment il n'était pas encore, au bout d'un demi-siècle, guéri de cette morsure. Son père, le comte de Cléron d'Haussonville, chef d'une des plus anciennes familles de Lorraine, faisait partie de la Chambre haute, car cela se passait, Messieurs, en 1827, c'est-à-dire au temps, au temps fabuleux des pairs de France et, qui plus est, des pairs héréditaires. Les fils aînés de ces grands personnages étaient eux-mêmes de petits personnages dans l'État. Ils pouvaient assister aux séances de la Chambre des députés dans la tribune réservée aux pairs de France. C'est là que le jeune vicomte d'Haussonville, — haletant de curiosité et d'émotion, — ce sont ses expressions mêmes, — allait entendre les discours de MM. Royer-Collard, Martignac, Casimir Périer, Benjamin Constant; c'est là qu'il prenait ses premières grandes leçons d'éloquence. Il avait alors dix-huit ans; il avait été élevé bourgeoisement au collège, en plein

courant de l'opinion publique; il y avait reçu cette éduca-
tion classique et républicaine qui nous a été donnée à
tous, libéralement, dans notre jeunesse, sous la monarchie.
M. d'Haussonville n'aurait pas été Français s'il n'avait pas
pris goût à la politique, s'il n'avait pas été un peu de l'op-
position et s'il n'avait pas admiré de toute son âme M. de
Chateaubriand, le chef du parti royaliste libéral à la
Chambre des pairs.

C'est ainsi que M. d'Haussonville faisait avec beaucoup
d'ardeur et de passion son noviciat politique. Il ne lui
suffisait pas de prendre le rang qui lui appartenait. Il considérait qu'il devait travailler à se rendre digne, par son
mérite, de cette situation que sa seule naissance lui pro-
mettait. Son père était charmé de le voir en de telles dis-
positions. « Fort bien, lui disait-il, travaille, tu dois me
succéder à la Chambre des pairs. Il faut t'y préparer. »

M. le comte d'Haussonville eut, pour se préparer, tout
le temps nécessaire. Plus de quarante ans ! car, né sous
le premier Empire, le fils du pair héréditaire de la Restauration devait être député de la monarchie de Juillet,
avant d'aller occuper au Luxembourg, en 1874, comme
sénateur inamovible de la République, un des fauteuils
des anciens sénateurs non moins inamovibles du second
Empire.

Ce fut une grande joie pour M. d'Haussonville d'ap-
prendre, en 1828, qu'il allait être attaché à l'ambassade
de M. de Chateaubriand à Rome. Ce séjour à Rome,
Messieurs, est un des plus piquants chapitres des mémoires
de M. d'Haussonville, mais il fut de très courte durée.
M. de Chateaubriand donna sa démission en 1829.

M. d'Haussonville revint à Paris et fit ses débuts dans le monde. Tous les soirs, le jeune diplomate en disponibilité rencontrait, dans les mêmes salons, les anciens soldats de l'armée de Condé et les anciens généraux de Napoléon, les anciennes dames d'honneur des princesses de France et d'autres anciennes dames d'honneur qui avaient porté, le jour du sacre, la traîne de l'impératrice Joséphine.

Ceux qui, comme M. d'Haussonville, ont vu presque le commencement et presque la fin de ce siècle, n'ont-ils pas assisté au plus étonnant des spectacles? Y a-t-il jamais eu, dans l'histoire d'aucun peuple, plus rapide et plus tragique succession de véritables coups de théâtre? Élevé parmi les témoins des dernières fêtes de la monarchie, des grandes journées de la Révolution et des guerres héroïques de l'Empire, M. d'Haussonville a vu se relever et s'écrouler devant lui, et la Monarchie, et la République, et l'Empire. Il avoue dans ses *Souvenirs de jeunesse* que ce qu'il regretta le plus, après la démission de M. de Chateaubriand, ce fut certain habit bleu de roi, agrémenté de merveilleux boutons de métal fleurdelisés. Et il raconte avec infiniment d'esprit que, n'ayant plus le droit de porter cet admirable habit bleu de roi, il eut, un soir, en 1829, à un bal des Tuileries, la hardiesse de ressusciter l'ancienne tenue de cour : habit de velours chamarré d'or et épinglé de pierreries, jabot et manchettes de dentelles, souliers à boucles de diamants et le traditionnel talon rouge... M. le comte d'Haussonville devait porter, un jour, un costume bien différent. Il avait plus de soixante ans, lorsque, après une nuit passée sur les remparts de

Paris, en vareuse de garde national, il écrivait, le 9 janvier 1871, les lignes suivantes :

« Les hommes de ma compagnie ne voulaient pas me laisser monter ma faction de nuit. Le chef de poste a fait ce qu'il a pu pour me substituer un de mes domestiques qui a été incorporé dans ma compagnie, et celui-ci voulait à toute force me prendre mon tour; je m'y suis absolument refusé. Quand il y a des bombes à recevoir, on ne doit mettre personne à sa place. »

Voilà pourquoi je disais tout à l'heure que M. d'Haussonville était à la fois de l'ancienne France et de la nouvelle. Et j'avais tort de parler ainsi, j'aurais dû dire qu'il n'avait jamais connu qu'une seule France, la même dans tous les temps et sous tous les régimes, la même dans la gloire et dans l'adversité, la vieille patrie française en un mot, et qui lui était d'autant plus chère qu'elle était plus durement éprouvée. Il aimait la France telle qu'elle était, toujours et quand même. En ces temps troublés où les partis, tour à tour vaincus et triomphants, se succédaient si rapidement au pouvoir, M. d'Haussonville a été un des plus fermes et des plus éloquents représentants de cette tradition de l'unité nationale, qui, grâce à Dieu, parmi toutes nos divisions et tous nos déchirements, a été et restera, dans l'étroite communauté de nos grandeurs et de nos malheurs, le lien indestructible de toutes les âmes françaises.

Appartenant à cette jeunesse libérale qui acceptait franchement les résultats acquis de la Révolution, M. d'Haussonville était rallié d'avance à la cause de la monarchie constitutionnelle de 1830. Secrétaire d'ambassade à Madrid et à Turin, puis chargé d'affaires à Naples et à Bruxelles,

puis député, il servit et soutint fidèlement ce gouvernement qui assurait à la France ces deux grands bienfaits : la
paix et la liberté.

La vie politique avait alors, Messieurs, une extraordi-
naire animation. De merveilleux orateurs se rencontraient
en d'éclatants combats d'éloquence, et il ne déplaisait
aucunement à la France de pouvoir admirer ceux qui la
gouvernaient. M. d'Haussonville vivait au cœur même de
ces batailles parlementaires, car il s'était allié par son
mariage à l'une des grandes maisons du parti libéral. Il
avait épousé en 1837 la petite-fille de Mme de Staël, la fille du
duc Victor de Broglie, le chef alors de cette famille qui,
depuis plus de deux siècles, a mis au service de la France,
dans les armes et dans la politique, tant de courage et tant
d'éloquence. Je sais qu'on ne doit toucher qu'avec discré-
tion à certains souvenirs chers et sacrés entre tous ; mais
cependant comment passer sans m'incliner respectueuse-
ment devant la femme vraiment supérieure qui avait pour
les choses de l'esprit un goût si juste et si pénétrant, et
comment ne pas dire qu'on retrouve en des œuvres délicates et touchantes les traces de cette ardente sensibilité
qui ouvrait si largement à toutes les émotions hautes l'âme
généreuse de Mme la comtesse d'Haussonville.

La révolution de 1848 emporta les légitimes espérances
de M. d'Haussonville que son mérite désignait si naturellement pour les plus hauts emplois. Par bonheur il
n'était pas de ceux qui perdent tout, en perdant les fonc-
tions qui sont l'unique raison de leur importance, de
ceux qui ne sont plus rien dès qu'ils ne sont plus
qu'eux-mêmes. M. le comte d'Haussonville avait de très

précieuses ressources d'esprit et de talent. Il se calomnie, Messieurs, dans certain passage de ses *Souvenirs* où il donne à entendre qu'il n'a jamais eu de penchant que pour la politique. Il a aussi et toujours aimé les lettres, et j'ai eu la bonne fortune de découvrir qu'il avait même commencé — c'était, il est vrai, aux environs de la vingtième année, — par faire des vers, de très aimables vers, légers, alertes et souriants.

Dans son discours de réception, M. d'Haussonville lisait, il y a seize ans, à cette même place, des vers de son prédécesseur M. Viennet, lequel avait été député, pair de France et poète. Eh bien ! M. d'Haussonville a été, lui aussi, député, sénateur et poète. Et je pourrais, Messieurs, vous lire certaines petites pièces de vers, écrites dans le goût du siècle dernier, et toutes pleines de grâce et d'élégance. Je dois reconnaître, cependant, que M. le comte d'Haussonville ne fut poète que par hasard et même par accident. J'ai retrouvé, en effet, à la date de 1833, sur de vieux feuillets jaunis par le temps, cette dédicace précédant de petits couplets très spirituellement rimés par le secrétaire d'ambassade en l'honneur de son ambassadrice :

« Madame, j'ai l'habitude de faire de mauvais vers quand je suis souffrant, c'est mon dernier symptôme de maladie avant de rentrer dans mon bon sens et dans ma bonne santé. »

Il y a lieu de penser, Messieurs, que M. d'Haussonville se porta à merveille, à partir de 1833, car il ne fit plus de vers ; mais, quelques années après, chargé d'affaires à Naples, il envoyait à Paris, dans des circonstances difficiles, des dépêches qui furent tout aussitôt remarquées non seulement pour leur clairvoyance et leur solidité, mais aussi pour leur agrément, pour leur mouvement, pour leurs très rares qualités littéraires.

C'est ainsi que, par la pratique des grandes affaires, M. le comte d'Haussonville se préparait à écrire son premier ouvrage qui fut une *Histoire de la politique extérieure du gouvernement français de* 1830 *à* 1848. M. d'Haussonville considérait que les ministres de la monarchie de Juillet (et il les prenait tous dans leur ensemble) n'avaient jamais négligé, jamais compromis, jamais trahi les grands intérêts qui leur étaient confiés ; que, très sagement et très patriotiquement gouvernée pendant ces dix-huit années, la France avait pu goûter le plaisir de vivre, tout en restant un grand peuple aimé et respecté par l'Europe entière. Vous êtes, ce me semble, obligés, Messieurs, ne fût-ce que par esprit de corps, de penser avec M. d'Haussonville que la France se trouvait, en effet, alors en très bonnes mains, car elle était entre les mains de vos prédécesseurs. Le roi régnait et l'Académie française gouvernait. La présidence du conseil, les ministères des affaires étrangères et de l'instruction publique appartenaient comme de droit à votre Compagnie, qui avait ainsi la charge de parler à l'Europe, au nom de la France, et de former, pour l'avenir, les jeunes générations. De là, entre la littérature et la politique une très étroite alliance qui n'a pas été sans jeter quelque éclat sur cette période de notre histoire, à laquelle ne se rattachent que d'heureux et brillants souvenirs.

Si j'ai cru devoir insister, Messieurs, sur ces premières années de la carrière politique de M. le comte d'Haussonville, c'est qu'elles ont décidé de sa vie entière. Il est resté toujours persuadé que la France ne pouvait trouver de repos et de grandeur que dans la pratique régulière des institutions libres de la monarchie parlementaire. Comment, dès lors, pouvait-il accueillir l'acte du Deux-Décembre? Il nous l'a dit lui-même, et nous a parlé *d'un moment de stupeur passé hors de France.* Ce moment de stupeur a été toute une longue et douloureuse année, pendant laquelle M. le comte d'Haussonville dut acheter, au prix d'un exil volontaire, le droit de pouvoir parler librement des affaires de son pays.

Pouvait-il échapper alors à un souvenir de sa jeunesse? C'était en 1828, pendant son séjour en Italie... La reine Hortense était à Rome avec son fils Louis-Napoléon. Un jour le jeune prince et le jeune secrétaire de Chateaubriand se promenaient ensemble au Pincio; à quelques pas. derrière eux, venaient la princesse et le père de M. d'Haussonville; et l'ancienne reine de Hollande disait au pair de France de la Restauration :

— Que vous êtes heureux; votre fils a une carrière devant lui! Ah! si je pouvais seulement obtenir du roi Charles X un brevet de sous-lieutenant dans un régiment français!

Et le jour où le prince Louis avait enfin trouvé une carrière fut précisément le jour où M. d'Haussonville apprit à connaître, à son tour, les tristesses de l'exil. Il fit imprimer à Bruxelles une œuvre de très vive et très éloquente polémique, le *Bulletin français,* et s'efforça par tous les moyens possibles de le faire pénétrer en France; poursuivi devant les tribunaux belges, M. d'Haussonville alla conti-

nuer en Angleterre cette publication ; mais il ne pouvait
rester longtemps l'homme des agitations impuissantes et
des regrets stériles. Le nouveau gouvernement s'établissait
dans des conditions qui paraissaient lui promettre un long
avenir, M. d'Haussonville rentra en France et se réfugia
dans l'histoire qu'il appelait de la politique apaisée, de la
politique à distance. Il demanda le sujet de son premier
grand ouvrage à sa vieille province, à sa chère Lorraine
qui fut toujours pour lui comme une petite patrie dans la
grande.

C'est là, je crois, Messieurs, ce qui donne un caractère
très particulier de vie et d'intérêt aux quatre volumes
consacrés par M. d'Haussonville à l'histoire de la réunion de la Lorraine à la France. Ils sont écrits par un
excellent Français du XIXe siècle, mais qui sent couler
dans ses veines un peu de vieux sang lorrain. Certes, il
admire la politique de Henri IV, cette politique à la fois
audacieuse et sensée, qui, poursuivie par Richelieu et par
Mazarin, devait faire la grandeur de la France et assurer
sa suprématie continentale. Mais si M. d'Haussonville est
un excellent Français, il est aussi un excellent Lorrain, et
ne peut s'empêcher d'être de cœur avec les soldats de ces
petites armées qui luttaient héroïquement contre les généraux de Louis XIII et de Louis XIV. Fort heureusement
pour M. d'Haussonville qui hésite à prendre parti entre
les vainqueurs et les vaincus, il n'y eut bientôt plus ni
vainqueurs ni vaincus, il n'y eut plus que des Français.

Tout n'avait pas été fini, en effet, par la signature à
Vienne, en 1738, des derniers protocoles du traité qui
reconnaissait à la France la possession de la Lorraine

occupée par ses armées. Il fallait encore savoir gagner
et garder les cœurs. Toute vraie conquête est à ce prix.
Aussi M. d'Haussonville terminait-il par ces paroles le récit
des négociations et de la signature du traité de 1738 :

« Grâce à Dieu, la politique n'est pas à ce point maî-
« tresse du monde, qu'il lui soit donné de trancher sur-le-
« champ, comme par un coup de hache, la vie même des
« nations. Beaucoup de peuples ont survécu obstinément
« à de pareils arrêts de mort et senti, après nombre d'an-
« nées, leur cœur tressaillir au seul nom de la patrie rayée
« de la carte officielle de l'Europe. »

M. d'Haussonville n'avait pas encore achevé son œuvre.
Ce n'était pas l'histoire de la conquête de la Lorraine
par la France qu'il s'était proposé d'écrire, mais l'histoire
de la réunion de la Lorraine à la France; il avait encore
à nous donner le curieux tableau de la petite royauté
de Stanislas; il avait à nous montrer les idées françaises
faisant, plus rapidement et plus sûrement que les armes
françaises, la conquête de la Lorraine. Pendant un siècle,
résistant à la force, luttant contre les armées de Turenne
et de Condé, les Lorrains étaient restés étroitement atta-
chés aux princes de leur vieille dynastie. Et voici qu'on
leur donne un roi dépossédé en quête de couronne vacante;
Stanislas organise à Nancy une petite cour française et
une petite académie française; Voltaire et la marquise Du
Châtelet sont ses hôtes et ses amis; son confesseur, le père
Menou, est un Français; le roi Stanislas est en coquet-
terie avec Montesquieu et en correspondance avec Rous-
seau; Saint-Lambert et Tressan sont ses poètes; il donne
indifféremment asile dans son petit État aux philosophes

et aux jésuites français persécutés en même temps et
s'en allant en exil de compagnie. Voltaire appelle Stanislas
le nouveau Trajan des Lorrains, déclare que son palais
est un séjour enchanté, et c'est une Française, la marquise
de Boufflers, qui, souveraine de ce séjour enchanté, règne
sur le roi Stanislas. Et il arrive, en fin de compte,
que ces philosophes, ces poètes, ces jésuites et ces
marquises poursuivent et achèvent, à leur manière,
l'œuvre de Richelieu, de Mazarin et de Louis XIV. Les
vaincus bien avant la Révolution de 1789 ont senti les
anciennes et secrètes affinités qui les unissaient à leurs
vainqueurs ; le travail des idées accomplit son œuvre, rap-
proche les esprits, efface les frontières, confond les intérêts et les sentiments. Les Lorrains cèdent à la grâce, au
charme, à l'éclat de l'esprit français qui était en train de
conquérir le monde et qui n'avait, en somme, qu'à recon-
quérir la Lorraine. La patrie de Jeanne d'Arc avait-elle
jamais pu cesser d'être française ?

L'histoire de l'Europe se mêle bien souvent à l'histoire
de la Lorraine dans le récit très considérable de M. d'Haussonville et pourtant, malgré la complication et la multipli-
cité des événements, le sujet reste toujours un, l'action
toujours claire, nette, rapide, et le style ressemble à l'action. Le grand mérite de M. d'Haussonville est d'être
resté absolument lui-même quand il s'est mis à écrire.
Montesquieu raconte qu'une femme — et il la connaissait
bien, c'était la sienne — marchait à merveille, mais qu'elle
boitait légèrement lorsqu'elle voulait marcher mieux.
Jamais M. d'Haussonville, qui, dès le premier jour, avait
très bien écrit n'a cherché à écrire mieux. Il s'est toujours

contenté de parler une langue aimable, loyale et saine qui
ne connaissait ni les subtilités, ni les raffinements, ni les
bizarreries, ni les singularités de forme. Il recherchait la
vérité familière, animée et vivante, la vérité sur les petites
choses aussi bien que sur les grandes. Tout était chez lui
naturel et facile : l'esprit et l'émotion... Et c'est de la
plume la plus alerte et la plus légère qu'il a écrit le roman,
le véritable roman qui s'est glissé dans ces quatre gros volumes d'histoire.

M. d'Haussonville, d'ailleurs, — et j'ai quelque plaisir
à constater le fait, — ne s'est jamais défendu d'avoir
pour le roman un goût très décidé. Dans une très jolie
préface placée en tête de la traduction d'un aimable
roman anglais, M. d'Haussonville a raconté que, lorsqu'il
allait, en 1842 et en 1846, faire dans les hameaux de
la Brie, ses visites de candidat à ses six cents électeurs,
il avait toujours soin de mettre dans sa poche un volume
de Walter Scott. Les romans lui étaient, contre la politique,
du même secours que la poésie, autrefois, contre la maladie.

Eh bien! Messieurs, on pourrait tirer de l'histoire de la
Lorraine, sous ce titre : *le Duc Charles IV,* un ouvrage qui
présenterait les deux conditions essentielles de tout bon
roman historique, car il serait à la fois très amusant et très
invraisemblable. J'allais oublier une troisième condition
également essentielle : il n'est pas de bon roman, même
historique, sans un peu d'amour, et il y en a eu beaucoup
dans la vie du duc Charles. Il y en avait, d'ailleurs, dans
l'histoire d'autrefois infiniment plus que dans l'histoire d'aujourd'hui. La femme y était toujours présente, et presque

toujours souveraine, par l'ascendant du génie quand elle se
nommait Élisabeth, Marie-Thérèse ou Catherine, par l'ascendant de cette autre grande force, la beauté, quand elle se
nommait... l'énumération serait plus longue, considérable-
ment plus longue... et je n'ose la tenter. L'histoire est, assurément, de nos jours, moins romanesque et moins brillante.
Est-elle pour cela beaucoup plus raisonnable et beaucoup
plus sage? Question bien délicate, et sur laquelle je ne sau-
rais prononcer. Toujours est-il que le régime parlementaire
et la liberté de la presse ont fait brusquement disparaître la
femme de l'histoire ; elle ne gouverne plus, ou, du moins, il
n'apparaît plus qu'elle gouverne ceux qui gouvernent le
monde, et les conteurs de l'avenir auront, ce me semble,
grand'peine à trouver des héros de roman parmi les rois,
les princes et les présidents de république du XIXe siècle.

Le duc Charles IV était, lui, bel et bien un héros de
roman. Ce n'est encore qu'un enfant et déjà il est aux pieds
d'Anne d'Autriche ; à seize ans il épouse la princesse
Nicolle, mais il l'épouse sans amour, bien qu'elle soit sa
cousine ; en revanche, c'est par amour pour Mme de Che-
vreuse qu'il se brouille avec Richelieu et prend parti contre
la France, et par amour encore que, sa première femme
étant en parfaite santé, il donne à la Lorraine une seconde
souveraine légitime : Mme de Cantecroix ; à la grande joie,
d'ailleurs, de ses sujets qui, le jour de l'entrée à Nancy de
la nouvelle duchesse, la saluent de ce cri : « Vive Monsei-
gneur le duc de Lorraine et ses deux femmes ! » C'est
ensuite, dans le cœur du duc Charles, un long défilé de
grandes passions pour de très hautes princesses et de très
humbles bourgeoises : Marie de Mancini, la fille d'un bourg-

mestre de Bruxelles, Mlle de Montpensier, Marianne Pajot,
et bien d'autres, bien d'autres encore, jusqu'à ce que la der-
nière de ces éternelles passions ait eu pour dénouement, en
1655, un troisième mariage et une troisième entrée solennelle à Nancy. Charles IV a plus de soixante ans et la nouvelle duchesse, cette fois, n'a que quatorze ans, si bien
que les habitants de Nancy, pendant le cours de ce règne de
plus de quarante ans, voyaient, à chaque mariage et à chaque
entrée solennelle, rajeunir leur souveraine à mesure que vieil-
lissait leur souverain. M. d'Haussonville enlève du crayon
le plus délicat le portrait de toutes ces belles personnes
du temps passé; il raconte avec une verve charmante ces
très extraordinaires aventures d'amour mêlées à de non
moins extraordinaires aventures de guerre, et voilà comment, Messieurs, savent se marier, en ces très spirituels et
très éloquents récits, les sévérités de l'histoire et les grâces
du roman.

Il était alors malaisé d'appeler et de retenir par des travaux historiques l'attention du public; on avait affaire à de
bien illustres et bien redoutables concurrents, de très
grands politiques devant alors se résigner à n'être plus que
de très grands historiens. M. le comte d'Haussonville réus-
sit cependant, et du premier coup, à se faire une place
parmi ses anciens et parmi ses maîtres. Mais le succès fut
décisif et grandit, d'année en année, à l'apparition de chaque volume, lorsque M. d'Haussonville publia son second
grand ouvrage historique : *l'Église romaine et le premier
Empire*. Il a su faire tenir en deux lignes l'exposition de
toute son œuvre : « J'ai voulu, dit-il, montrer Napoléon.
« le plus grand homme des temps modernes, aux prises

3

« avec la religion, la plus grande chose de tous les temps. »
Et de cette vaste épopée qui se nomme l'histoire de Napoléon, M. d'Haussonville dégageait ce drame particulier :
le Pape et l'Empereur, la lutte de Pie VII et de Napoléon,
lutte d'autant plus émouvante qu'elle paraît plus inégale ;
mais l'inégalité n'est qu'apparente dans ce duel de la
puissance morale contre la puissance matérielle, car à
celui qui avait conquis le monde, le vieillard désarmé,
prisonnier à Savone, pouvait opposer cette grande force
invisible et invincible, la conscience.

La publication de l'*Histoire de l'Église romaine* fut un
véritable événement dans les dernières années du second
Empire. M. d'Haussonville apportait une très grande quantité de documents nouveaux et mettait en lumière des faits
absolument ignorés. C'était surtout sur les quatre années
de captivité de Pie VII à Savone que les révélations écla-
taient, saisissantes, inattendues. L'Empereur, en 1805,
avait expressément recommandé à tous ses agents de
garder et d'imposer le silence le plus absolu sur l'enlè-
vement de Pie VII à Rome, sur son arrivée en France et
sur sa translation à Savone. Il avait été obéi, et ce grand
silence durait encore après un demi-siècle. « Je crois bien,
disait M. d'Haussonville, dans son introduction, que
M. Thiers a tout su, mais il ne lui a pas convenu de tout
raconter. » Et M. d'Haussonville, lui, raconte tout, avec
cette animation qui est la marque et le caractère de son
talent. Certes, ce n'est pas là de l'histoire impassible et
glaciale. M. d'Haussonville n'est pas de ceux qui, ayant
l'indifférence pour patrie, considèrent les choses de ce
monde comme un spectacle et affectent de les étudier sans

pitié, sans colère, sans amour et sans haine. M. d'Haussonville est un écrivain ardent et passionné ; il prend parti,
mais sans jamais cesser d'être dominé par le sentiment et
le respect de toutes les grandeurs.

M. le comte d'Haussonville achevait à peine la publication de ce beau livre lorsque éclata la guerre de 1870. Ce
fut la fin de ces loisirs si dignement remplis par de si considérables travaux. Je voudrais pouvoir passer rapidement sur
des souvenirs à jamais déchirants pour les âmes françaises,
mais je ne pourrais le faire sans manquer à mon devoir.
Il m'a été permis, en effet, de lire une œuvre inédite, un
Journal du siège de Paris, écrit par M. d'Haussonville,
sans la moindre préoccupation littéraire, non pour le
public, mais pour ses enfants, pour ses amis. Je vous ai
déjà cité, Messieurs, quelques lignes de ce Journal et je
voudrais vous en lire encore d'autres passages qui, mieux
que toutes mes paroles, vous montreront quelles preuves
M. d'Haussonville sut donner, en ces jours cruels, de son
patriotisme et de sa vaillance.

Je vous ai dit qu'il mettait de l'esprit dans sa bonté ;
il en mettait aussi dans son courage. Sa compagnie,
le 9 janvier, était de service au bastion 72 ; M. d'Haussonville est mis en faction près d'une petite poudrière placée
sur le chemin de ronde. Un obus éclate à cinquante mètres
de là, et voici comment ce volontaire de soixante ans raconte l'aventure où il a couru le plus sérieux des dangers :

« Les mouvements que je voyais faire aux personnes qui
suivaient le chemin de ronde m'indiquaient de temps à
autre qu'elles entendaient passer des obus au-dessus de
leurs têtes. Il paraît que le sifflement de ces projectiles

est étrange et quelque peu sinistre. A ce bruit, chacun baisse instinctivement la tête, se couche par terre ou se jette de droite et de gauche. Ayant l'avantage de ne rien entendre, j'ai aussi celui de rester en pareil cas ferme comme un roc. Cette intrépidité peu méritoire me fait honneur aux yeux des gens qui ne connaissent pas mon infirmité. »

Cette intrépidité très méritoire lui faisait grand honneur aux yeux de tous, car il n'est rien qui se reconnaisse plus vite et plus sûrement que le vrai courage. On suit M. d'Haussonville, jour par jour, heure par heure, dans ces pages si vivantes et si émues. Il visite les forts et les ambulances, il va quêter à domicile pour les pauvres, et comme il est fier d'avoir, en une seule journée, recueilli plus de trois mille francs ! Dès que Paris est agité, il court chercher la foule dans les quartiers populaires et se mêle aux groupes les plus exaltés. Sa moustache grise, ses favoris blancs, sa rosette d'officier de la Légion d'honneur le font prendre pour quelque général retiré du service. On l'entoure. Il parle et force l'attention par l'ardeur et l'énergie de son langage. Le fond de ses discours est le même invariablement : il faut oublier toutes les anciennes querelles, ne penser qu'à la défense, la prolonger à tout prix, manger le moins possible et se battre le plus possible.

Ce journal, d'ailleurs, Messieurs, vous appartient un peu ; car M. d'Haussonville y parle très souvent de l'Académie. Il n'avait qu'une seule distraction : il venait ici, à l'Institut, le jeudi, travailler au dictionnaire et il admirait avec quelle ingéniosité d'esprit, avec quelle scrupuleuse attention étaient discutées, au milieu de cette ville assié-

gée et bombardée, les nuances les plus délicates et les plus
fugitives de la langue française. Mais M. d'Haussonville
trouvait à l'Académie, parmi ses confrères, d'autres sujets
d'admiration. A chaque page, dans ces souvenirs revien-
nent, Messieurs, des noms qui vous sont chers, et qui
étaient, et qui sont encore l'honneur de votre Compagnie.
L'Académie, en ces jours d'épreuves, avait recommencé à
prendre part aux affaires de la France, et à parler à l'Europe en son nom. Et tous, poètes et écrivains, aussi bien
qu'orateurs et hommes d'État, prêtaient à la cause de
notre pays les grandes voix de l'éloquence et du patriotisme.

L'heure arriva qui ne laissait plus d'espérance, et
M. d'Haussonville ferma son journal sur ces dernières
phrases :

« Cette fin était inévitable. Elle ne me jette pas moins
dans un profond abattement. La vie continue, d'ailleurs,
comme à l'ordinaire ; des amis viennent après déjeuner,
on cause, on discute sur les probabilités de l'avenir. Je
n'y puis attacher mes pensées. Il me faudra quelque temps
avant de reprendre assez de liberté d'esprit pour songer à
autre chose qu'à l'immensité du désastre où vient de som-
brer la fortune de mon cher et malheureux pays. »

Mais cet accablement ne fut pas de longue durée. De
grands devoirs à remplir, de grandes misères à soulager
et c'en fut assez pour rendre à M. d'Haussonville tout son
courage. Président de la Société de protection des Alsaciens-Lorrains demeurés français, M. d'Haussonville devient, au lendemain de la guerre, le chef d'une immense
famille de proscrits et se consacre tout entier à cette œuvre

de charité patriotique. Il n'est pas un de ces présidents de représentation et d'apparat qui voient les choses de haut et de loin, qui veulent bien être à l'honneur, mais sans avoir été à la peine, et qui croient avoir assez fait quand ils ont donné leur nom. M. d'Haussonville, lui, donne sa vie avec un oubli complet de lui-même, avec une infinie compassion pour la souffrance humaine.

Les exilés, qui arrivaient par milliers, venaient frapper à la porte d'une maison de la rue de Provence où se trouvaient, où se trouvent encore aujourd'hui les bureaux de la Société de protection des Alsaciens-Lorrains. Je me souviens, Messieurs, d'être allé un jour dans cette maison et j'ai gardé de cette visite une ineffaçable impression. Dans une étroite salle d'attente une cinquantaine de personnes étaient entassées qui se tenaient là, silencieuses, portant sur le visage l'air doux et résigné de la vraie misère. Des vieillards, des femmes, des enfants, beaucoup d'enfants. Je dus me faire passage à travers ces pauvres gens et j'entrai dans une pièce où défilaient l'une après l'autre toutes ces infortunes. M. d'Haussonville était là, interrogeant une femme qui avait deux enfants blottis dans ses jupes et un autre enfant tout petit dans les bras, et il l'interrogeait avec tant de douceur et tant de bonté, avec une si tendre et si sincère pitié pour sa détresse, que je crois encore entendre ces paroles qui, pour aller au cœur n'avaient d'autre secret que de venir du cœur. J'ai eu, ce jour-là, le sentiment que je me trouvais en présence d'un ces hommes qui font le bien tout naturellement, pour leur propre contentement et parce qu'ils ne connaissent pas au monde de plus noble plaisir. Mais encore faut-il, pour

goûter pleinement ces jouissances-là, avoir l'âme façon-
née sur un certain modèle et qui n'est pas des plus com-
muns.

Il vous semble peut-être que je néglige un peu trop, en ce
moment, l'homme de grand esprit et de grand talent pour
ne songer qu'à l'homme de grand cœur. A qui la faute,
Messieurs? à M. d'Haussonville lui-même. Je suis bien
obligé de le suivre là où il me conduit, c'est-à-dire parmi
les pauvres et les affligés. Pourquoi s'est-il plu à leur
vouer toute la fin de sa vie? Pourquoi leur a-t-il sacrifié,
sans le moindre effort, sans le moindre regret, tous les
avantages, tous les succès auxquels il pouvait légitime-
ment prétendre? Ses amis sont au pouvoir, le très récent
et très grand succès de son *Histoire de l'Église romaine*
n'est certes pas fait pour le décourager d'écrire... Mais
ses ambitions sont ailleurs et plus hautes. M. d'Haussonville ne voit plus, ne connaît plus que ses chers exilés.
Il n'a pas seulement l'élan généreux de la première heure;
au bout de douze années son ardeur est la même pour
l'œuvre entreprise. Aussi quels résultats obtenus!
M. d'Haussonville recueille et distribue près de quatre
millions; il fonde, avec le concours d'un homme de bien-
M. de Naurois, cette admirable maison du Vésinet qui
recueille et recueillera toujours les orphelines d'Alsace-
Lorraine; il obtient du gouvernement la concession de cinq
mille cinq cents hectares en Kabylie et il va en Algérie
choisir les emplacements les plus favorables pour l'établis-
sement de ses colons. Il crée trois grands villages et le
Conseil général d'Alger a donné, dans un mouvement
unanime de reconnaissance, le nom d'Haussonviller à un de

ces villages. Il s'occupe de tout, lui-même, avec une infatigable activité, de la construction des maisons, de l'exécution des travaux d'intérêt public, de la mise en culture des terres. Il retourne trois fois encore en Algérie ; il a soixante-douze ans lorsqu'il part, en 1881, pour le dernier de ces voyages ; il a besoin de voir et de revoir ceux qu'il a envoyés là-bas, il veut être certain qu'on a bien fait pour eux tout ce qu'on devait faire, qu'on leur a bien rendu tout ce qu'on leur pouvait rendre de la patrie perdue ; il est un des enfants de nos pays de Lorraine, et, mieux que personne il sait qu'il est des souvenirs qui jamais ne s'effacent et des choses qui ne se retrouvent jamais.

Entre deux de ces voyages en Algérie, M. le comte d'Haussonville, directeur de votre Compagnie, eut, pour remplir les devoirs de sa charge, à souhaiter la bienvenue à l'un de vos plus illustres confrères, à l'un de mes maîtres les plus aimés et les plus admirés. Il était bien difficile d'être spirituel et bien difficile de réussir après celui qui parla le premier en cette brillante séance ; et cependant, Messieurs, vous avez gardé le souvenir de ce discours de votre directeur, qui fut un chef-d'œuvre d'éloquence aimable et légère. M. d'Haussonville n'avait jamais eu plus de talent, jamais plus d'esprit. Comme il aurait pu facilement ajouter à sa renommée littéraire, s'il ne s'était obstiné à faire passer, avant toute préoccupation d'intérêt ou de succès personnel, l'accomplissement d'une grande tâche de dévouement patriotique ! Les autres avant lui, toujours : en quelques mots, voilà sa vie.

M. d'Haussonville, Messieurs, vous devait encore un discours ; la mort ne lui a pas laissé le temps de s'acquit-

ter envers vous. C'était à lui qu'il appartenait de prononcer, en 1885, le discours sur les prix de vertu, et
vous auriez pu, saisissant l'occasion, condamner M. d'Haussonville à se décerner un prix, à lui-même, pour son
œuvre d'Alsace-Lorraine. Il n'y en aurait certainement pas
eu, ce jour-là, de mieux mérité.

M. le comte d'Haussonville a donné, Messieurs, un
exemple aussi précieux, et plus rare, en ce moment,
que l'exemple du dévouement et de la bonté ; il a donné,
jusqu'à la fin de sa longue vie, l'exemple de la jeunesse, et
c'est peut-être par là surtout que les dernières années de
cette noble existence méritent d'être considérées. Le monde
est aujourd'hui plein de jeunes gens fatigués de vivre avant
d'avoir vécu, rongés d'une mélancolie grandissante et en-
veloppés d'une vapeur de tristesse ; ils sont las des sentiments ordinaires, de l'émotion banale et des devoirs
vulgaires ; ils refusent d'adhérer à une foi quelconque,
religieuse ou politique ; tout est usé dans le ciel, tout est
usé sous le ciel : ils se déclarent atteints d'impuissance à aimer la vie. D'ailleurs, à quoi bon vivre, disent-ils, puis-
qu'un jour il faudra mourir. On ne savait pas, paraît-il,
autrefois, que la vie aboutissait à la mort. C'est une toute
récente découverte. Cependant quelques-uns de ces
jeunes gens font de louables efforts pour se rattacher
à l'existence ; ils examinent minutieusement leur état
d'âme et travaillent de bonne foi à démêler l'énigme de
leur destinée ; ils sont même pris, à certaines heures, d'une
sorte de nostalgie de l'idéal, mais tout en persistant à
considérer que la mode est absolument passée de l'idéal
d'autrefois, qu'il a fait son temps et ne saurait plus être

bon à rien. Il leur faudrait un nouvel idéal, d'une incontestable originalité, et c'est là ce qu'ils cherchent, laborieusement, scientifiquement, psychologiquement, et c'est là ce qu'ils ne paraissent pas encore avoir trouvé.

M. d'Haussonville n'a jamais pris tant de peine; il n'a jamais souffert de cette impuissance à aimer la vie, qui n'est, en somme, qu'une impuissance à aimer le devoir; il n'a jamais eu besoin de doser, d'analyser et de décomposer son état d'âme. Il s'en est tenu tout simplement à cet idéal qui est, depuis des siècles et des siècles, la lumière de la conscience humaine. Il a aimé le travail, il a aimé l'honneur, il a aimé son pays; et c'est ainsi, Messieurs, qu'il a pu laisser, après lui, vivantes et durables. les œuvres de son esprit et les œuvres de son cœur.

RÉPONSE

DE

M. PAILLERON

DIRECTEUR DE L'ACADÉMIE FRANÇAISE

AU DISCOURS

DE

M. HALÉVY

Prononcé dans la séance du jeudi 4 février 1886.

· Vous êtes vraiment trop modeste, Monsieur, en attri-
buant votre succès à d'autres qu'à vous-même. Si puissante
et si honorée que soit ici la mémoire de ceux qui vous ont
transmis leur nom et dont vous vous réclamiez tout à
l'heure avec une émotion touchante, c'est bien à vous
seul que vous devez un bonheur qui, pour être, je veux
vous croire, inespéré, n'était pourtant pas, j'imagine,
tout à fait imprévu. Ne voir en vous qu'un homme heureux, c'est méconnaître le charme de votre talent et de

votre personne, la clairvoyance de votre esprit, la fermeté
persistante de votre caractère. Ce sont là des qualités trop
à votre gloire pour que vous en disiez rien mais pour que
je n'en dise pas quelque chose. Et d'ailleurs, il n'y a pas
d'homme heureux, j'entends qu'il n'y a pas d'homme dont
le bonheur soit inexplicable et pour qui le hasard seul
ait tout fait. Le succès est une plante rare et frêle qui
demande pour fleurir et surtout pour refleurir, beaucoup
de soins et de soucis; vous avez su la cultiver, et si, selon
la belle expression du poète, le hasard a pensé à vous, il
a trouvé à qui parler.

Pour arriver où vous êtes, en effet, pour vous asseoir sur
ce fauteuil... inespéré, il vous a fallu surmonter plus d'un
obstacle, vaincre plus d'une résistance. L'ivresse clémente
du triomphe vous les a fait oublier sans doute; permettez-
moi de vous les rappeler. Le souvenir ne peut que vous
en être agréable : se rappeler les difficultés de la victoire
est la joie des victorieux.

Toute favorable qu'elle fût à votre candidature, l'opinion ne faisait pas moins ses réserves. Oh! n'en soyez pas
ému outre mesure; elle en fait toujours; elle en a fait pour
chacun de nous, je n'en excepte pas même les plus grands.
Et cela s'explique : comparer le successeur à son prédécesseur, c'est comparer le présent au passé, une célébrité
à une gloire et, pour tout dire, un vivant à un mort; dans
ces conditions, il est naturel qu'on ne trouve jamais personne qui soit complètement apte à succéder. De là, des
oppositions nombreuses et souvent passionnées. Et même.
cela me porterait à croire que l'Académie n'est peut-être
pas tout à fait la douairière décrépite et surannée que quel-

ques-uns se plaisent à dire, car, à chaque viduité nouvelle, elle ne manque ni de prétendants pour se disputer sa main vénérable. ni de jaloux pour les trouver indignes d'elle.

De ces derniers je vais vous rapporter tout au long les griefs qui vous concernent. Je n'ai pas trouvé de moyen plus habile et plus sûr de faire votre éloge, puisque enfin, votre ami le hasard, qui a aussi ses malices, m'a chargé de vous recevoir, voulant donner sans doute au monde ce spectacle édifiant et peu commun d'un auteur dramatique disant du bien de l'un de ses confrères.

Auteur dramatique! Voici qui m'amène tout d'abord au premier sinon au plus grave de ces griefs. Vous êtes auteur dramatique, Monsieur, et il paraît qu'il n'en faut plus à l'Académie. Pourquoi? — Parce qu'il y en a trop. Qui prétend cela? — Ceux qui ne le sont pas probablement : des romanciers, des historiens, des hommes politiques. Inutile d'ajouter, n'est-ce pas, que je ne suis point de cet avis. Notre théâtre, si bas qu'il soit, — et Dieu sait s'il doit être bas depuis le temps qu'on le dit, — n'a jamais eu chez nous plus d'importance et, hors de chez nous, plus d'éclat. Chez nous, il a centuplé son public; hors de chez nous, il a pour public le monde entier où nos pièces ont un retentissement et une expansion d'autant plus considérables que nous sommes seuls à en faire. De tant de bruit, de passions, d'intérêts de toute sorte soulevés autour de l'œuvre, rejaillit sur l'auteur une notoriété qui, à tort ou à raison, l'impose plus particulièrement à l'attention de l'Académie, mais non pas toutefois avec cet exclusivisme que l'on semble croire. Qu'un romancier de valeur, et certes

il n'en manque pas, ait assez de confiance en son talent pour
se passer de l'obscénité, qu'au lieu d'être dans un moment
où tout le monde se mêle de faire l'histoire, nous soyons
dans un temps où quelques-uns s'appliquent à l'écrire,
romanciers et historiens n'ont qu'à venir à nous, ils
seront les bienvenus, je vous l'affirme. Quant aux hommes
politiques, l'Académie est toute prête à en nommer...
quand il y en aura.

Et puis, voulez-vous savoir la vraie cause de cette influence énorme du théâtre? C'est qu'il tient à l'âme même
de l'humanité, c'est qu'il est, entre tous les arts, le men-
songe charmant de la vie. Ah! ceux qui parlent de vérité
au théâtre me font sourire. La vérité! au théâtre! Mais
tout y est faux, convenu, arrangé: tout, depuis le ciel en
toile jusqu'au soleil en gaz, depuis l'acteur qui interprète
l'œuvre avec un costume, une figure, une voix, des gestes
qui ne sont pas les siens, jusqu'à l'œuvre elle-même qui
exprime en musique, en vers ou en prose comme on n'en
parle guère, des sentiments comme on n'en trouve pas:
depuis l'auteur qui a médité ses naïvetés, calculé ses au-
daces, dosé ses émotions, jusqu'au spectateur qui n'ignore
rien de ces habiletés, tant que le rideau est baissé, et qui
les oublie, dès que le rideau se lève. Non, non! pas d'art
sans artifice: et, encore une fois, le public le sait bien.
Entre celui qui a fait la pièce et celui qui l'écoute, un contrat
est intervenu, un contrat tacite par lequel le spectateur a
dicté et l'auteur accepté ces conditions sous-entendues :
« Je ne suis pas ici pour juger mais pour sentir, tu n'es pas
« là pour m'enseigner mais pour m'émouvoir ; je ne viens
« pas chercher la réalité mais la fuir, je veux voir d'autres

« hommes, rire d'un autre rire, pleurer d'autres larmes
« plus douces encore que le rire. Montre-moi la vie moins
« plate et plus rapide, le malheur plus mérité, le bonheur
« moins rare. Ennoblis mes passions par leur puissance,
« grandis mes luttes par leurs complications, égaie mes
« bassesses et mes hontes par le ridicule, sois exagéré,
« sois invraisemblable, sois faux, ne crains rien : mon
« imagination suivra la tienne aussi loin que les enchante-
« ments de ton art pourront la conduire. Va! devine
« ce que je veux, dis ce que je sens, incarne ce que je
« rêve, et si, par tes impostures charmantes, tu prolonges
« l'illusion que je te dois, si tu flattes jusqu'au bout ma
« chimère, je te récompenserai magnifiquement, plus peut-
« être que tu ne le mérites. Mais prends garde! ne me laisse
« pas retomber à terre, réfléchir, me reprendre, ou ma
« raison, ce dragon que tu n'avais qu'endormi, se réveille
« et te dévore! »

Ah! c'est que, si frivole et si courte que soit la fiction,
elle a touché un instant à cet idéal de justice, d'honneur,
de pureté, d'amour qui est dans l'homme et il ne souffre pas qu'on y touche impunément; c'est qu'elle a évoqué
son rêve et qu'il tient plus à son rêve qu'à la réalité;
l'ombre lui est plus chère que la proie; c'est pour son rêve
qu'il vit, c'est pour son rêve qu'il meurt; c'est de son rêve
que lui viennent toute force et toute foi : la science fait
douter l'homme, le mystère le fait croire; c'est avec ce
qui n'est pas qu'il se console de ce qui est, c'est avec ce
qu'il espère qu'il se guérit de ce qu'il souffre.

Telle est, Monsieur, la véritable cause, la cause pro-
fonde de la puissance de notre art; tel est le pacte

secret que la foule fait avec l'artiste. Vous avez rempli les conditions qu'elle vous imposait; à son tour, elle remplit les siennes, et voilà pourquoi vous êtes ici, pourquoi vous parliez tout à l'heure et pourquoi je vous réponds.

Maintenant, malgré les périls de la sincérité, faut-il tout dire? Eh bien! dût-on me trouver un peu... orfèvre, à la façon de M. Josse, je tiens pour bien et justement donnée la récompense qui couronne dans l'auteur dramatique le difficile et long bonheur d'avoir réussi.

Je ne connais pas, en effet, de succès plus incontestable quoique toujours contesté, plus aléatoire et en même temps plus loyal que le succès au théâtre.

Il y a des arts dont la technique ignorée impose au spectateur incompétent, un respect qui peut aller jusqu'à l'admiration; il y a des carrières dont la noblesse ancienne couvre ceux qui les suivent et les dispense d'avoir des titres pourvu qu'ils aient le titre; il y a aussi, exploitant les filons mystérieux des sciences obscures, de célèbres inconnus dont les travaux profonds sont d'autant plus appréciés qu'ils sont moins appréciables, dont le mérite est d'autant plus reconnu qu'il est moins connu. Ce sont des hommes de grande valeur, sans doute, mais ils se lisent entre eux, se jugent entre eux, loin des yeux et des oreilles profanes : ils ont une célébrité de famille; ils habitent la province de la gloire.

Tandis qu'au théâtre, il n'y a ni préjugé, ni parti pris, ni obscurité; tout s'y comprend, tout s'y voit, tout y devient flagrant, exagéré même, le mérite comme l'insuffisance : la science y est inutile; les moyens ne se jugeant que d'après le résultat, la critique ne s'y exerce que par le sentiment, or, tout le monde sait rire ou pleurer. C'est ainsi qu'ayant toute compétence pour apprécier l'œuvre, on a tous droits pour juger l'auteur : on peut le porter aux nues ou le traîner dans la boue. A chaque épreuve nouvelle, c'est un début nouveau dans lequel sont remis en question non seulement les résultats acquis, non seulement le talent de l'artiste, mais encore la dignité de l'homme, puisque enfin si la passion que le public apporte à ces choses fait du succès un triomphe, elle fait de la chute une humiliation, et c'est sur l'auteur que tombent directement ses colères.

Aussi, quand, pendant plus de vingt années, un homme a affronté de tels dangers, enchaîné la fortune, résisté aux mille déceptions qui lui venaient de son art, des autres et de lui-même; quand, bataille par bataille, il a gagné ses grades devant le grand public, au grand jour de la rampe, quand il a été élu maître par un suffrage infiniment plus universel et moins maniable que... l'autre; quand il a fait jouer comme vous, Monsieur : *Froufrou,* cette élégie parisienne; *Fanny Lear,* ce drame puissant dans une comédie légère; *les Sonnettes,* ce petit acte moderne qu'auraient signé les grands maîtres anciens; je dis qu'il est à sa place où vous êtes, qu'il doit comprendre pourquoi il a tant d'amis et ne pas s'étonner d'avoir quelques jaloux.

Ceci me ramène à vos adversaires, Monsieur, et à leur second grief. Voyez pourtant comme la jalousie raisonne mal et jusqu'où mène l'illogisme de la passion. Après vous avoir reproché d'être un auteur dramatique, on vous reprochait de n'en être que la moitié. J'entends d'avoir fondu votre personnalité dans une collaboration... je dirai siamoise. Reproche grave, Monsieur, le plus grave peut-être que l'on puisse adresser à un homme qui veut s'élever au-dessus des autres et, particulièrement à un artiste. La personnalité est, en effet, sa qualité maîtresse, la seule, au fond, que la foule cherche et respecte en lui. Pour le public, faire mieux c'est faire autrement; dans le nouveau, il ne demande de neuf que la personnalité. Et c'est pourquoi la collaboration le trouble et le déconcerte. Comment établir l'apport de chacun des deux collaborateurs dans l'œuvre commune. A-t-elle réussi? chacun d'eux a tout fait; n'a-t-elle réussi qu'à moitié? chacun d'eux n'a fait que ce qui est bon; n'a-t-elle pas réussi du tout? ils n'ont rien fait ni l'un ni l'autre. Quant à moi, j'ai toujours incliné à croire qu'une œuvre signée de deux noms est de deux auteurs, n'ayant jamais pu comprendre, si connu que soit d'ailleurs le désintéressement de mes confrères, pourquoi l'un d'eux ferait ainsi à un autre qui lui serait inutile, le don à ce point gratuit et si peu obligatoire, sa vie durant, de la moitié de son succès, sans compter les droits d'auteur. Je ne parle ici, n'est-ce pas, que de la collaboration, en général. Dans la vôtre, Monsieur, il y avait assez de talent et de bonheur pour suffire à deux renommées. Et cependant comment en dégager votre personnalité? Heureusement, vous ne m'avez pas laissé ce souci. Vous avez pris soin de la dégager vous-même par des œuvres individuelles conçues dans un sentiment tout particulier, exprimées dans une forme toute moderne, frappées au coin du *parisianisme*, pour me servir d'un mot que vous

avez maintenant tous les droits d'imposer au Dictionnaire
et qui porte l'empreinte d'une société et d'une époque.
Je veux dire cette façon étroite de voir les choses
comme un Parisien les voit et d'en parler comme il en
parle, et cela, dans des livres courts pour qu'il les lise,
dans sa langue d'initiés pour qu'il les comprenne, dans
un esprit en apparence détaché, railleur, gai, mais avec
des sous-entendus de passion assez dissimulés, des pré-
textes à émotions assez adroits pour que son scepticisme
s'y laisse prendre. Car il se laisse prendre à l'émotion, à la
passion même ce Parisien énervé, retors, gouailleur et
blasé, au fond, le plus impressionnable, le plus naïf, le plus
sentimental peut-être de tous les hommes. Son cœur, un
peu semblable à l'appartement qu'il habite, est un fouillis
étrange où, pêle-mêle, s'entassent et miroitent mille ob-
jets curieux et disparates, de tous les temps, de tous les
pays, de tous les styles, mais où toujours, dans quelque
coin obscur, à l'ombre des hautes tentures qui lui cachent le jour et l'air, une fleur chlorotique et pâle s'épa-
nouit mystérieusement.

De ce genre fin, raffiné même, de cette littérature élé-
gante et discrète, votre volume intitulé : *Deux Mariages*
est peut-être le type le plus accompli, le spécimen le plus
aimable, mais le temps m'est trop mesuré pour que je m'y
arrête. Je préfère aller tout de suite et bravement à celles
de vos œuvres qui marquent la date de vos plus grands
succès : l'*Abbé Constantin*, les *Récits d'Invasion*, et d'abord
et surtout... je regarde si la voûte de cette coupole
austère ne va pas s'écrouler sur moi... surtout *Monsieur et
Madame Cardinal.*

Mon Dieu, oui, *Monsieur Cardinal*, *Madame Cardinal*,
voire même les *Petites Cardinal!* Dussé-je irriter des
mânes illustres et même beaucoup d'autres qui le sont
moins, j'en veux parler ici et dire tout le bien que j'en
pense. Ah! l'œuvre n'est point académique, je le sais, et
je ne peux pas dire que vous y ayez retrouvé la manière
de Chateaubriand; je vous soupçonne même de ne pas
l'avoir cherchée, et c'était là le bon parti, car vous avez fait
ainsi un livre qui est bien de votre temps et bien de vous,
et qui, à ce double titre et à d'autres encore, a sa valeur
véritable.

Mais d'abord, quel est-il, ce livre? Un roman, une série
d'articles, un conte, une nouvelle? Rien de tout cela et un
peu de tout cela. C'est une suite de récits à peine reliés
ensemble, un chapelet, quelque peu égrené, d'épisodes qui
mettent en scène des types tirés des plus bas fonds pari-
siens. Il s'agit... ah! c'est un peu moins facile à raconter
que je ne le croyais... il s'agit d'une de ces familles pauvres,
malhonnêtes d'ailleurs, composées d'un père, d'une mère,
— si j'ose m'exprimer ainsi, — et de deux jeunes filles,
deux danseuses que leurs parents élèvent au mieux de
leurs intérêts — à eux, et gardent vertueusement de toute
séduction avec un soin jaloux, les conservant pour un
avenir plus sérieux qu'une amourette quoique moins
durable qu'un mariage. Au fond, c'est une des peintures
du vice les plus hardies qu'on ait encore osé mettre sous
les yeux du lecteur, et ce n'est pas peu dire! Mais
avec du talent, un goût fin, un sentiment profond de la
morale, que ne peut-on pas faire accepter? Tout cela
est présenté avec une chasteté tellement idyllique, au

moins dans les termes; il y a dans les personnages une
perversion si comique et si manifeste de l'idée du devoir,
tant de naïveté et si peu de préméditation dans l'abjection,
que le mépris s'arrête au haussement d'épaules et que la
leçon se dégage dans un sourire.

Ah! que vous avez perdu là, Monsieur, une belle
occasion de faire acte de moraliste comme on l'entend
aujourd'hui, d'enlaidir la laideur sous prétexte de vérité
et de ciseler l'ordure sous prétexte d'art; le sujet y
prêtait et vous teniez le scalpel, ce fameux scalpel du
roman scientifique contemporain. Or, la science n'a pas,
ne peut pas, ne doit pas avoir de pudeur... Mais vous
n'avez pas voulu profiter de ces avantages, vous avez laissé
à d'autres les grands mots et les gros mots, vous n'avez
touché à ces choses que du bout des doigts, avec une sorte
d'indifférence railleuse, estimant que leur récit simple et
nu ne nuirait pas à l'effet et que l'ironie suffisait à la satire.
Vous avez eu délicatement raison. Malgré la légèreté d'un
dessin sur lequel vous n'appuyez pas et ne repassez jamais,
vos portraits ont un relief assez puissant, une intensité de
vie assez grande pour qu'on reconnaisse les originaux,
même quand on a l'honneur de ne pas les connaître, et,
qu'une fois dans la mémoire, ils s'y installent et vous
hantent. Monsieur Cardinal surtout, ce Prudhomme
vicieux comme un autre est honnête, grave, solennel,
cravaté de blanc, vêtu de noir, si respecté dans un
intérieur peu respectable, si jaloux de ses droits, si
chatouilleux sur sa dignité, Monsieur Cardinal père de
famille, — et de quelle famille! — est un caractère; mais
Monsieur Cardinal homme politique! ah! celui-là est une

trouvaille. Ici, votre héros atteint le haut comique et devient grand. Ses rapports avec ses électeurs, son programme, sa participation aux affaires de son temps, tout cela forme autant de petits tableaux de genre instructifs comme de l'histoire. Selon moi, cet ambitieux de club et de faubourg, ce petit Machiavel des Batignolles, cet être inclassable et inconnu, d'origine vaseuse, me paraît être l'embryon et, comme le têtard de cette espèce pullulante de politiciens infimes que l'ébranlement de nos dernières commotions fait encore, de temps à autre, monter brusquement du fond à la surface ; gens ignorés et ignorants, mais âpres, mais faméliques, prêts à tout faire parce qu'ils ne font rien, à être tout parce qu'ils ne sont rien, à tout prendre parce qu'ils n'ont rien, et qui, jugeant sainement que le pouvoir est encore aujourd'hui ce qu'il y a de plus facile à prendre et de plus profitable à garder, sans autres droits que leurs appétits, sans autres convictions que leurs convoitises, aimant leur pays comme la sangsue aime le malade, finissent par avoir leur part de son gouvernement et entrent aux affaires comme on entre dans les affaires.

Votre médaillon de ce prototype est d'une frappe sûre, nette, d'une ressemblance qui, soit dit sans vouloir en diminuer le mérite, n'a pas dû coûter beaucoup à votre imagination, car les modèles ne vous manquaient pas, et le seul embarras que vous ayez éprouvé, j'imagine, n'a pu être que l'embarras du choix.

Et voyez les bonheurs qui naissent d'un bon sujet. Vous avez été heureux jusque dans le cadre où vous l'avez placé. C'est bien, en effet, pendant l'insurrection de 1871, à cette douloureuse époque de folie et de confusion, c'est bien dans cette mascarade sinistre que, revêtu du costume de magistrat, M. Cardinal devait avoir son jour et jouer son rôle. Sa figure ne dépare pas la collection de ce musée burlesque. Son aventure est bien à sa place dans cette parodie qui voudrait se faire passer pour une épopée, dans cette farce qui n'a pu éviter le ridicule que par le crime, dans cette Commune qui, furieuse de se voir grotesque, s'est décidée à devenir sanglante.

Mais vous avez fait un bien autre tour de force, Monsieur : dans un autre de vos livres, vous avez réhabilité la vertu! Vous avez entrepris de la faire aimer par elle-même et pour elle-même. C'était là de l'audace, d'aucuns disent de l'habileté parce que vous avez réussi ; mais qui eût été assez habile pour prévoir, par le temps qui court, le succès d'une pareille tentative? Personne... pas même vous.

Car enfin, si pénible que soit l'aveu, il faut bien le faire ; si peu académique que soit le mot, il faut bien le dire : La vertu n'est plus dans le mouvement.

Pauvre vertu! Le vulgaire la raille, les physiologistes la nient, les gens de plaisir la trouvent ennuyeuse, les gens pratiques la tiennent pour inutile. Nos dramaturges qui, de temps immémorial, la récompensaient au cinquième acte, lui ont décidément supprimé les maigres bénéfices du dénouement classique et rémunérateur ; nos poètes lancent contre elle des imprécations qui n'ont de nouveau, du reste, que la grossièreté : l'Art lui-même délaisse la Beauté qui est sa vertu pour la laideur qui est son vice. Quant à nos romans, vous savez à quel point la vertu en est absente, quand elle n'y est pas maltraitée. Pour la voir respectée, il faut ouvrir la Bibliothèque rose ; pour la voir récom-

pensée, il faut venir à l'Académie... une fois par an!
Pauvre vertu!

Tenez! voulez-vous savoir où elle en est littérairement?
Aussi bien, puisque nous buissonnons un peu en dehors
des jardins académiques, je peux bien vous raconter cette
histoire :

Je connais une jeune dame, ah! qui est dans le mouvement, elle, par exemple ; mais très friande des choses de
l'esprit quoique très mondaine et, quoique vertueuse,
adorant la littérature qui ne l'est pas. Et non seulement elle l'adore, mais elle la défend, la propage, la pro-
clame éminemment bonne et utile, et cela avec un en-
thousiasme, une passion, pis encore, un goût qui avaient
fini par m'inspirer certaines craintes pour elle et même
certains doutes sur elle... Si j'avais raison, jugez-en!

Un jour, — c'était son jour, — je vais la voir et je la
trouve seule, lisant. En m'apercevant, vite, elle cache son
livre derrière elle, et engage une conversation rapide, avec
l'intention trop claire de faire une diversion. Visiblement
émue et même un peu confuse, le regard fuyant, distraite,
préoccupée, elle venait d'être surprise dans une lecture qui
la troublait singulièrement, c'était manifeste. Que pouvait-
elle donc lire qui la troublât à ce point — après ce qu'elle
avait lu? et qu'elle n'avouàt pas — après ce qu'elle avait
avoué? Mes doutes se changeaient en soupçons. En ce
moment, survint une visiteuse, et comme notre amie s'était
levée pour la recevoir, j'aperçus le volume suspect, je
vis le titre... Ah! Monsieur, savez-vous ce qu'elle lisait
cette honnète femme, ce qu'elle lisait ainsi, à la dérobée
et la rougeur au front?... C'était l'*Abbé Constantin* !

Voilà où en est la vertu!

Car, pour vertueux, il l'est votre roman, il l'est absolument, cyniquement. C'est même la seule critique qu'on lui ait faite ; le charme, le talent, le succès, on n'y pouvait mordre. Mais trop de moutons, pas assez de loups! trop d'honnêteté! trop de vertus! trop de fleurs, Monsieur! Cette bonne Américaine qui a un bon mari et une bonne sœur aimée d'un bon officier neveu d'un bon curé, tout ce bon roman qui, de bonnes actions en bonnes actions, finit par un bon mariage... cela n'est pas dans la vérité, cela n'est pas dans la nature! Voilà ce qu'on lui reprochait et voilà justement ce qui nous charme, moi et vos milliers de lecteurs ; voilà ce qui nous détend, nous repose, nous soulage et surtout nous change. D'ailleurs, quand on est dans une atmosphère irrespirable et malsaine et qu'on vous passe un flacon d'odeurs, on ne se plaint pas s'il sent trop bon, on le respire et on renaît. Le public qui étouffait vous a dû cette fraîche bouffée d'air salubre et vous voyez comment il vous en remercie.

Quant à ces souvenirs de l'Année terrible que vous avez appelés l'*Invasion,* ils constituent une œuvre à part dans votre œuvre. Ces notes recueillies au hasard de la rencontre, écrites au courant du crayon, sur le genou, avec une négligence qui en est tout l'art et une émotion qui en prouve la sincérité ; ces scènes heurtées, rapides, vivantes, composent une sorte d'album lugubre où nos espoirs fous, nos héroïsmes inutiles, nos découragements mornes et aussi nos petitesses et nos hontes se retrouvent dans d'inoubliables photographies.

Ce qui me touche dans ce livre, c'est que la patrie y est

toujours présente et qu'elle n'y est jamais nommée, c'est
que vous n'êtes pas tombé un instant dans la déclamation
ordinaire des enthousiasmes faux, des douleurs voulues,
que vous avez évité la tirade allusoire et vulgaire qu'on
voit depuis quinze ans, s'étaler dans tant de pages de
romans, tant de périodes oratoires, tant d'ultimatums
de poète, et avec quel écœurement douloureux, quel
sentiment de pudeur froissée, nous le savons tous. Et
ce qui me touche plus encore, c'est qu'après le succès
de ces récits, vous n'en avez plus écrit d'autres, ne voulant pas exploiter votre cœur au profit de votre renommée
et faire du patriotisme marchand. Non! vous avez vu
ces choses lamentables; elles vous ont arraché un cri et
c'est tout. Vous avez compris que notre force est dans leur
souvenir, mais que notre dignité est dans leur silence et
que, s'il est bon d'y penser toujours, il est bien de n'en
parler jamais!

Nous voici enfin arrivés, Monsieur, aux deux derniers
chefs d'accusation de votre procès, aux derniers reproches
que l'opinion faisait à votre candidature. Je dis les deux
derniers, je le crois; s'il y en a d'autres, soyez tranquille,
vous le saurez tout à l'heure, en lisant les journaux du soir.
En tous cas, de toutes les objections faites contre vous,
ce sont assurément les plus graves, aussi les ai-je gardées
pour la fin, voulant ménager votre sensibilité par une gra-
dation douce.

Je ne connais pas, en effet, d'obstacle plus redou-
table pour tout homme qui aspire à un avenir sérieux,
d'empêchement plus réel à son succès que ces deux
qualités dangereuses comme des défauts, car on peut

accuser quelqu'un de les avoir en ayant l'air de l'en féliciter. Je veux parler de l'esprit et de la gaieté.

Vous aviez eu beaucoup trop de l'un et peut-être un peu trop de l'autre pour qu'on ne vous les reprochât pas tous les deux. Comment donc avez-vous fait pour vaincre les préventions que nous inspirent aujourd'hui ces dons brillants et funestes? C'est vraiment ici que je commence à croire à votre bonheur.

Car vous le savez comme moi, Monsieur, si paradoxal que cela paraisse : aujourd'hui, en France, dans leur pays d'origine, la gaieté est à l'index et l'esprit en quarantaine.

Oui, l'esprit! cette étincelle de l'intelligence, cette grâce du bon sens, notre arme de précision, à nous, et qui, entre les mains de nos maîtres avait gagné tant de batailles pour la Pensée, l'esprit n'est plus chez ce peuple qui se croit devenu sérieux parce qu'il est devenu triste, qu'une quantité négligeable, qu'une valeur de surface; ce secret délicat de dire légèrement des choses profondes n'est plus considéré par ceux qui ont le secret infiniment plus utile de dire profondément des choses légères, que comme un jeu sans importance, une simple amusette. Or, le Français aime ce qui l'amuse, il ne l'estime pas. Encore est-ce un miracle que l'esprit n'ait pas entièrement disparu dans l'absorption de l'individu par le nombre. Toutefois, même dans un milieu où il n'y a plus guère place que pour ce qui est nécessaire ou redouté, l'esprit peut subsister, pouvant se faire craindre.

Mais la gaieté! l'inoffensive gaieté! Cette qualité, j'allais dire cette vertu si particulièrement française qui nous rendait le devoir plus facile, le malheur plus léger;

qui mettait à nos autres vertus comme une aigrette scintillante ; qui, mêlée à notre urbanité, en faisait de la politesse, à notre courage de la bravoure, qu'est-elle devenue? Hélas! elle est atteinte, elle aussi, par ce mal de langueur, par cette anémie endémique qui, depuis si longtemps déjà, nous ronge et dont on peut établir le diagnostic par mille indices. Par nos révolutions d'abord, car les révolutions d'un peuple sont comme les colères d'un homme : elle ne prouvent que sa faiblesse ; par les préoccupations politiques qui accaparent notre vie, puisque, pour continuer la comparaison, la politique n'étant que le fonctionnement organique d'un État, un peuple qui sent sa politique est comme un homme qui sent ses organes : il est malade. Et par combien d'autres preuves encore ne pourrait-on pas l'affirmer? Par nos engouements de valétudinaire dans les petites choses et nos terreurs puériles dans les grandes, par cette passion malsaine pour la littérature salissante, semblable à la curiosité des gens mal portants pour les livres de médecine, par notre avidité à y chercher tout ce qui peut souiller, avilir, diminuer l'humanité et l'abaisser au niveau de notre propre abaissement, nous persuader que l'effort est inutile parce que notre espérance est lasse et nous faire croire qu'il n'y a plus rien en ce monde parce que nous croyons avoir tout perdu.

Oh! oui, ce peuple est malade et je ne le croirai guéri que lorsque la gaieté lui sera revenue, et que j'entendrai résonner encore son rire sonore et clair comme le chant du vieux coq gaulois ; le rire, fils de la force, écume débordante de la sève humaine ; le rire qui ne vient pas, comme on l'a dit, de la sécheresse du cœur, mais au contraire de sa puissance à sentir et parfois même à se dominer, car il est aussi le courage : les femmes ne l'ignorent pas, elles qui cachent, sous leur gaieté, de si douloureux secrets, et pour qui, si souvent, le rire n'est que la pudeur des larmes.

Ah! ne médisons pas du rire! Respectons-le! Adorons en lui la bonté de Dieu qui nous l'a donné! Ceux qui ont vu le vieillard sourire à son passé, ceux qui se rappellent encore les joies extasiées de leur mère, qui ont senti tressaillir tout leur être aux premiers rires d'un enfant, ceux-là le savent bien que le rire est sacré!...

Il était gai, Monsieur, il était bon aussi, celui à qui vous succédez; son esprit ne diminuait pas son cœur, vous l'avez dit et vous l'avez dit excellemment. Mais, en nous rappelant le courage du citoyen, le tact du politique, le talent de l'écrivain qui étaient en lui, vous avez parlé comme vous le deviez, surtout pour ceux qui l'admirent; laissez-moi parler à mon tour pour ceux qui le pleurent, et, en quelques mots courts comme un adieu, évoquer son âme, ici toujours présente, et son souvenir plus vivant que jamais.

Il y a des hommes dont la renommée est comme solidaire de la vie; l'éclat qu'ils ont jeté s'éteint avec eux: il semble qu'après l'éblouissement de leur existence nous restions les yeux pleins d'ombre et qu'ils disparaissent tout entiers dans la mort. Il en est d'autres, au contraire, que la mort éclaire et grandit, on ne sait bien ce qu'ils étaient que quand ils ne sont plus et c'est au vide qu'ils laissent parmi nous qu'on voit la place qu'ils y occupaient.

M. d'Haussonville était de ceux-là.

Il tenait à la politique et aux lettres par sa situation et
ses travaux, aux arts par ses goûts, au plus grand monde
par son origine et d'illustres amitiés, au plus humble par
l'ardeur de sa charité et le zèle de son patriotisme; il
tenait à tout et, en tout, il exerçait naturellement une
influence qu'il devait moins encore à sa position éminente
qu'à son bon sens, à sa bonne grâce, à son caractère droit,
à son jugement solide et sûr.

Alerte, robuste, gai, et là-dessus j'insiste, de cette gaieté
virile et saine résultant de l'équilibre parfait des forces,
l'esprit aiguisé, aisément ironique, l'intelligence curieuse
et grande ouverte, facile sur la forme de ses idées, mais, sur
leur fond, inébranlable, parce que ces idées n'étaient pas
seulement des opinions mais des convictions dans lesquelles il était né, dans lesquelles il a vécu, dans lesquelles
il est mort, nul, mieux que le comte Joseph-Othenin-Ber-
nard de Cléron d'Haussonville n'a justifié et fait aimer
cette tradition qui ouvre aux grands seigneurs les portes
de l'Académie française. Pour moi, il n'était pas seulement l'incarnation la plus pure de la noblesse libérale, il
était encore le représentant fidèle, le dernier peut-être
d'une race disparue.

Je ne me figure pas autrement (et, sans doute, il en
comptait parmi ses ancêtres) ces vieux gentilshommes
conseillers et compagnons de roi, dévoués jusqu'au
sacrifice, mais francs jusqu'à la rudesse, ces anciens parlementaires de bonne et solide souche gauloise, éclairant
volontiers leur gravité d'une boutade, hardis pour le bien,
résistants au mal, honnêtes gens, mais d'une honnêteté
militante et non de cette honnêteté passive qui n'est

qu'une absence de vices, gens de devoir et qui plaçaient le devoir avant tout, même avant l'honneur, — cette vertu de commerce, comme l'appelle Bossuet, — préférant, en un mot, le bien de l'État à leur propre bien, et leurs principes à leur prince.

Ayant tout ce que la naissance peut donner : le nom, les alliances, la fortune, il ne voulut pas s'en contenter. Son ambition était plus haute. Il répugnait à cette nature active et généreuse de jouir ainsi d'une situation toute faite, il ne la voulait pas acquise mais conquise. C'est ainsi qu'il entra dans la diplomatie, c'est ainsi que la chute de la monarchie de Juillet, en doublant ses convictions de ses regrets, le jeta en pleine polémique, c'est-à-dire dans le milieu le plus favorable peut-être à sa nature ardente et dans les conditions assurément les plus séduisantes pour son noble caractère. Cette fois, en effet, ce n'était plus pour sa propre cause, mais pour une cause, alors perdue, qu'il allait combattre et il n'en combattit que mieux. Il était de ceux dont le dévouement enflamme l'énergie et qui, dans le désintéressement, sentent leur volonté plus forte et leur talent plus à l'aise.

Mais si brillant que soit ce passé, tout ce que j'en veux retenir c'est que, pendant cette guerre de partisan, qui n'a pas duré moins de quarante années, celui dont je parle n'a rien dit, rien écrit, rien fait, qui ne fût vraiment digne de lui ; c'est qu'il a conquis l'estime de ceux mêmes qu'il combattait et que, parmi tant d'adversaires, il n'a jamais compté un seul ennemi.

Il y a trois ans, la femme remarquable qui était sa compagne fut enlevée à son affection. Cette perte lui porta un coup terrible. Néanmoins, si le cœur était meurtri, le corps restait vigoureux, l'esprit toujours vif, l'intelligence toujours prompte, il avait soixante-quinze ans et il était jeune... Mais il n'y a ni jeunesse, ni force pour la Mort : elle est venue, elle a frappé et le vieillard robuste est tombé comme un chêne.

Dès les premières atteintes de son mal il en a prévu la fin et ne s'en est pas ému. Pendant les quelques jours qu'a duré son agonie, il est resté ce qu'il était : énergique, calme, simple. Il s'est occupé de ceux qu'il aimait, il a fait venir ses enfants et il les a bénis. Alors, il a songé à son autre famille, aux fils dépossédés de cette Alsace-Lorraine qui était demeurée pour lui une Patrie hors de la Patrie, et il a réglé leur sort.

Et quand il en a eu fini avec ce monde, il s'est tourné vers l'autre : il a appelé Dieu à lui et lui a confié son âme; puis, sans plaintes, sans défaillance, dans l'espérance d'un avenir sans peur, dans la fierté d'un passé sans reproches, comme ses ancêtres de pierre couchés sur leur tombeau, la face vers le ciel, les mains croisées, les yeux clos, il s'est endormi pour l'éternité.

C'est une belle mort, après une belle vie.

Paris. — Typ. Firmin-Didot et Cⁱᵉ, impr. de l'Institut, rue Jacob, 56. — 18421.